井川博年

平凡

思潮社

平凡

HEIBON

井川博年

思潮社

目次

装幀＝思潮社装幀室

平凡

芙美子さん、翠さん、

今年の正月は
あまりに暖かだったから
林芙美子《ふみこ》さん、尾崎翠《みどり》さんのお二人が
昔住んで居られた上落合の辺りを
ぶらぶら歩いて参りました。

もっともお二人が
仲良くされていた昭和五年頃は
妙正寺川に沿って西武線の中井駅が

（露西亜《ろしあ》の小駅のように）
畑の中に建っているだけで
そこから見える川沿いの低地には
粗末な借家がぽつんぽつんと建っていて
少し高い丘の上にはこれまた
にわか造りの洋館や一戸建てがぽつんと
向こうから（人を焼く）
火葬場の煙が流れてきて
夜には（追剝《おいはぎ》もでるという）噂もある
東京のさびしい郊外でありましたね。

（合歓《ねむ》の花が咲いている）
低地の方の二階屋には
『放浪記』を出したばかりの芙美子さんが
一緒になったばかりの緑敏《りょくびん》さんと住んでいて

いましも大好きな七つ年上の先輩の家に
遊びに行くところ。
普段着を着て下駄の音をカラコロと
坂道を上がってすぐ先の
翠さんの住む二階屋を見上げます。
「尾崎さん、翠さん、」

二階にはいつもさびしい影
その影が動いて
「林さん、芙美子さん?」
(草原の見える)その部屋の
赤茶けた畳の上に何年も座って
『第七官界彷徨』を書き継いでいる
いつ行ってもなつかしい人格の
翠さんが待っていました。

それはまだ戦争になる前の平和な時代
それからお二人の運命がどうなったかは
（私はわかっているのですが）
八十年後のいまはもはや
昭和文学史上の出来事でしかなく
いまその上落合を彷徨（第何官界？）している
私の眼に映るものは
戦争を潜ってすっかり変わったようで
変わっていないお寺と火葬場と
迷路のような下町の路地。
その奥に仲良く座って
こちらを見ているきょうだいのブチ猫。
林さんが住んでいたとおぼしい家では
庭にいた母親と娘に睨まれ

尾崎さんが寝ていたと思える二階屋は
ソバ屋が盛大に
湯気を出している最中でした。

本当ならここから歩けば十分ほどの
芙美子さんのお墓参りをするところですが
（翠さんは鳥取なので行けません）
正月なれば遠慮して（足も痛くなったので）
中井駅に戻りました。
実はこの駅のすぐ近くが
私が二十代の初めに下宿して居た所。
その川沿いの畳屋の一室には
私はほとんど寝たことがなくて
（現場監督で東北各地を飛び廻ってました）
三畳間には布団袋と本の包みがほったらかし

たまに友人が訪ねてくるとそれらを開けて
できたばかりの処女詩集を
自慢するのでした。
それも嫌になりある時
窓の下の妙正寺川に持っていたすべての
『見捨てたもの』を投げ捨てた
ことがありました。

「おーい！　どうした？」
友人の声が川の向こうから聞こえます
何だかあの頃川はいつも
特に夜の川は
荒れ狂っていたようでしたが
あれが私の〈青春〉だった
かも知れません。

下馬物語

私の「風と光と二十の私と」（坂口安吾）

I

窓の向こうには
一面の茶畑があり
そこに点在する農家では
まだ井戸を使っていた
昭和三十年代の東京の
世田谷の奥の下馬《しもうま》の

神社の隣りの古ぼけたアパートに
失業者になったばかりの私が住んでいた。

隣りの部屋には
近くの仏教大学で
印度哲学を学んでいる
年とった大学院生がいて
天井まで積み上げた本の隙間に
中に電球を吊るした蜜柑箱《みかんばこ》の炬燵《こたつ》を置き
廊下の奥の台所で
洗面器でスキヤキを作り
一晩中サンスクリット語のお経を唱えていた。

誰とも口を聞いたこともない二十の私は
カーテンも引かないがらんとした三畳に

全財産の入った布団袋を置いて
中から取り出した布団を万年床にして
座蒲団を枕に裸電球の下で
ランボオ詩集に読み耽っていた。

2

冬になっても
何処にも行けない私を哀れみ
隣室の仏教学者は
アルバイトで得た金で
インスタント・ラーメンの袋を恵んでくれ
洗面器での調理法を伝授してくれた。
それから自家製の炬燵に入り
ランボオと印度哲学の近似点について話した。

隣り合って机を並べ
一人が毎日詩集を読み
一人がお経を唱えている間にも
世間は急速に春になった。
畑の光は暖かくなったが
私の懐は寒かった。
失業保険は切れかかっていた。
家賃も三ヶ月溜まっていた。

生温い風が吹くある夜私は
開けた窓から神社に向かって
布団袋を放り投げ
待たせてあったタクシーで
友人のいる学生寮に向かった。

善良な仏教修行者に挨拶できなかったことは
唯一の心残りであったが
私としては正直
それどころではなかったのである。

バスに乗って

バスに乗って田舎に帰った。
老いた両親の待っている
山の麓の小さな村へ
父と母の喜ぶ甘いものと
近所のひとに配る都会の土産を
新品の鞄につめて手にさげ
月賦で求めた背広を着て
新しい靴を履いて

石ころだらけの山道を一時間
満員のバスにゆられ
そうしてようやく
村の入口のバス停に着く
そこからは暗くなり始めた村道を
両親の家まで駆けて行くのだ
はや明かりの灯いている
古いなつかしい家の方へ

バスに乗って田舎から帰った。
両手にいっぱいの手土産を持って
手をふりながらバス停に急ぐ
がらがらのバスに飛び乗ると
土産物も棚に上げたまま
旅行者のふりをして知らぬふり

窓ガラスに映る泣きべその
顔ばかり見ているのだ
遠くキラキラ湖水が光り
室内灯をつけたバスははずみながら
眠った乗客を乗せ
橋の多い市街に近づいて行く
そこから駅に降り立って
夜行列車を乗り継いで
ひとのいっぱいいる都会に
また帰るのだ

村の製材所

夏休みに
田舎の父の家に行く途中の
山道が大きくカーブした所に
小さな村の製材所があった。

開け放たれたバスの窓からは
ゆーんゆーんと音を立てて
製材所のおじさんが

電動金鋸《かねのこ》を引いているのが見えた。
ぼくはおじさんが働いているのを
見るのが好きだった。
新鮮な木の香がぷーんと鼻を打つ

でもぼくがせっかく窓際に寄って
もっと見たく思っても
その場所に来るとバスは
決まってスピードを上げ
製材所は一瞬の内に
通り過ぎてしまうのだった。

朝寝坊

子供の頃から早起きが苦手だった。
夏休みの課題のラジオ体操など
一度も行ったことがなく
手帳のスタンプは一個も押されてなかった。
朝はいつも誰かに起こされるまで
夢うつつで眠っていた。
起こされるとぼーとした頭で
猫のように目だけこすって

半分眠りながら朝ごはんを食べた。
それですぐ学校に行くものだから
必ず途中で腹が痛くなり粗相をやらかした。

だから会社勤めは苦痛だった。
最初に働いた工場は朝八時に
門が閉まってしまうから大変だった。
下宿にいたから朝寝したら
電車に乗り遅れ最初から遅刻した。
入社式を遅刻した新入社員は私だけ
入ったばかりの大会社もすぐ嫌になった。
辞めてからもあちこちで働いたが
どこでも私は遅刻の常習犯。
夢を見る余裕もないほど
疲れていたせいもあるが

(夜中遅くまで本を読み
(詩のことばかり考えていたから
朝は起きることができなかったのだ。
それが不思議なことに四十を過ぎて
会社勤めを辞めて自営業となると
朝寝坊はそのまま
目覚まし時計や女房様の助けを借りなくても
ちゃんと目が覚めるようになったのだ。
いつの間にか体内時計が
七時起床にセットされていたのである。
私としてははなはだ心外である。
頭はまだとぎれとぎれの夢を見ていて
(詩のことを考えているのではない
起きて働きたくないのに

体がかってに動いてしまうからである。

更に今では
夜中過ぎまで起きて読書するなどできなくなり
（夢中になって読む本もないのだ
十二時前に寝てしまうものだから
うっかりすると五時前に目が覚めてしまうのだ。
生まれた時から日の出の太陽を数度しか
拝んだことがないのを自慢にしていた私が
カーテンの隙間から寝ぼけ顔で朝日を眺め
トイレに立ってジョボジョボと小便をする始末。
そうしてワケのワカらない夢を見ながら
また布団にもぐりこむのである。

九官鳥のお経

鳥取県米子市《よなごし》にある法城寺《ほうじょうじ》は
昭和五年
瀬戸内航路の「菫丸《すみれまる》」から身を投げて
三十八歳で死んだ『相寄る魂』
大正のロマンチックな詩人生田春月の
墓と詩碑があることで知られているが
龍宮城のような門と並んで
もうひとつの名物が

「お経を読む九官鳥」である。

あるひとが用があって
お寺に行くと
本堂の方から聞き覚えのある
お経が聞こえてきた
いつもの住職の読経と思い
中をのぞくと
そこには人影はなく
鳥籠の中で一羽の九官鳥が
お経を唱えていた。

きちんと止まり木に止まり
ところどころ間違えながら
唱え終わると最後に

「えッ　ヘン」　と
和尚の口癖まで真似て
すました顔で
こちらを見て
「オハヨウ」　と
頭を下げたという。

秋の寺

秋の寺はさみしい。
父と兄と義兄の法事に
海辺の村の寺に集まったきょうだいは
本堂で痩せた老和尚の読経を聞いたあと
裏へ回って安置されたバルチック艦隊の
水兵の位牌とロシアからの感謝状を見物する。
それから庭に下りて泰山木の廻りを巡り

石段を下りて下に続く家並の向こうに
白く輝く日本海の波頭を見つめる。

語らい

きょうだいや
ともだちと
旅の宿で枕を並べて
夜を語りあかすのは
なんと楽しいことだろう

電気を消した部屋の中で
遠い日の父母の思い出や

近所のひとたちの知らなかった話
皆んなが共通に知っている
ひとたちの変わったエピソードを
ぼそぼそと寝床の中で交わすのは——

温かい布団の中から
亀のように首だけだして
温泉で温まった手足を伸ばし
可笑しい所になると布団に潜りこみ
足をばたばたさせて
笑いころげるのだ

——楽しいことは
いつまで続くのか
いつしか夜も更けてくると

いつの間にか隣りの話し声も止み
声をかけてもすーすーという
寝息が聞こえるばかり

さみしくなり
ひとり暗い窓の外の
風の音を聞いていると
人の世の短さをつくづくと
思い知らされるのだ。

雀の朝

息子がまだ小学五年生の頃
シハン病という病気で一週間ほど
近くの病院に入院したことがあった。
私はその時明日が退院というので
前夜から付き添って
病室に備えられた補助ベッドに寝ていたが
朝の大声で起こされてしまったのだ。

息子はパジャマ裸足で窓の前に立ち
窓の向こうに頭を下げて
――オハヨウゴザイマス
を繰り返している。
窓の向こうには朝の光を浴びて
数えきれないほどの雀が電線にとまって
こちらを見て何か喋っている。
――雀が何かいっているのか
と私が聞くと息子は
――雀が喋る訳ないじゃないか　バーカ
といいまた雀に向かって
――オハヨウゴザイマス
といった。
これを見ていた隣のベッドの
三年生くらいの男の子も真似をして

一緒になって同じ挨拶を繰り返している。

向かいに見える大きなお寺の屋根には
朝日がカーンと射していて
バイクや車や朝早くから働きに出る人声が
古ぼけた三階の病室にカーテンを通して
一斉に入ってくるそれは
ありふれた夏の朝の出来事であった。

八つ当たり

このところ、五年ほど家を出ていた息子が仕事をやめて、またもやフリーターになって帰ってきた。それまで夫婦二人で暮らしていた生活が乱され、私も書斎に使っていた部屋を、息子に明け渡したことで、不平満々である。

こういう時の不満解消は、私の場合、家ノモノに当たるという訳には行かないから（彼女も病気を持っている）、外に出て散歩することになる。これは自転車による散歩であって、いつもは近くの公園に行くのだが、ここは休日は子供ばかりでつまらない。しかも変なオジサンが来た、と怪しまれそうである。そこで仕方なく、近くの住宅地をぐるぐる廻って、気分を晴らすのである。

私のいま居る杉並という所は、駅周辺のビルや商店を除くと、住宅だらけである。ここは東京の戦前からの住宅地であるので、そこそこの家が、昔からの林に囲まれた農家もあれば、いかにも金持ちの家という、塀に有刺鉄線を張り巡らした大邸宅もあり、その狭間に垣根を連ねて、庭付の小綺麗な一戸建の家が立ち並んでいる。その向かいには、ぼろアパートを取壊した跡地に、巨大なマンションが建っていたりする。私は東京では、「まともに働いていては、家は建たない」と信じるものである。その証拠が私である（いま居る所はマンションとはいっても借家なのだ）。従って私から見ると、ここら辺の大きな家に住んでいる者は、ロクな者ではない。何か良からぬことをして家を得たに違いない。親から貰ったといった所で、その親は昔悪いことをしたヤツなのだ。

私はそれらの大きな家に近づくと、門札を見て、「何とかドロボーめ」と口の中でいい、次の奥の本宅が見えないような家に向かっては、「バカヤロー」と小声で怒鳴る。そういう家に限って巨大な門があり、「猛犬注意」だの「世界人類の平和のために」という札が張ってあったりする。防犯ベルが眼につくように取り付けられてあったりする。

私はそれらを小馬鹿にして眺め、選んだ何軒かを順繰りに廻って罵るだけののしると、最後はさっぱりとした気分で家に帰る。途中で近所の一軒から、顔見知りの夫婦の喧嘩の声が聞こえても、知らぬ振りをして通り過ぎる。私の気分解消には、これらビンボー人の家は役に立たないのだ。

つつがなきや

冬の暁け方
布団の中で
越冬するゴキブリになったつもりで
手足を動かし
どこも痛くないことを確かめ
死んだひとたちのことを考える
死後の世界の景気はどうだろうか
ちゃんと暮らしていけてるだろうか

つつがなきや

昨夜酔っぱらって
ノラ猫に餌をあげないで下さい
と書かれた駐車場の貼り札の下に
眠っていた黒と白のノラのきょうだいに
禁制品の一番安いネコ缶を
ぶちまけてやったが
おどおどしながら食べていた
この春に生まれたばかりの猫たちよ

つつがなきや

朝の食卓で

最近の自殺は年寄りが多いそうだ
親父も気を付けろよ
といってへらへら笑って
仕事に出て行った息子よ
仕事なんかやめたいと
思っていないだろうな

つつがなきや

昼の食事の時
忘れ物を思い出した
かんじんのウチの奥さんへの挨拶
猫の方が先になったとは失礼
大事なことは
離れてみないとわからない

つつがなきや

夕方
まっすぐ帰れずいつも寄る飲み屋で
生きている友人たちの
あれこれを考える
死ヌナヨ
生キテテクレヨ
といつもいっている友よ
ビールのコップを挙げて
乾杯の真似をしよう

つつがなきや

ちんどん屋

わが父のちんどん屋にておはしなば
悲しからむとちんどん屋見つ　　　窪田空穂

――年の瀬の慌ただしかった日の夜、寝床に入ってもすぐには眠れず、習慣になっている就眠前のラジオを聞いていると、歳末大売出しの話題として、最近絶えてなくなりかけているちんどん屋を、大阪で復活させ成功させたという人物の話があった。その話と懐かしいちんどん屋の音楽を聞いていると、心にこみあげるものがあって、それと共につい先日聞いた妻の夢の話を思いだした。

――妻がいつも行っている近くのスーパーに行くと、近所の知っている人が、いま「お宅のお父さんが万引きで捕まっている」というので、奥の従業員室のような所に行くと、警備員に囲まれて見知った父がいた。ジャンパー姿の痩せて背が低くて、分厚いレンズのような眼鏡をかけている父が、なんだか変に若返って、他人になったようなふてぶてしさで、煙草の灰を飛ばしている。「お父さん」というと、「この人は万引きの常習者です。今回は許すことはできません」と店の者がいう。私が知らない所で万引きを繰り返していたのかと思うと、いつの間にか取り囲んでいる近所の知った人たちに恥ずかしくて、どう謝ろうかと思案しているのに、父のほうはへらへら笑っているのだ。

――私が唄を歌うと、妻はいつも「ちんどん屋みたい」と冷やかすのだ。私としては決めているつもりなのだか、妻が聞くと上げ下げに妙な節があるらしい。だからいちばん似合っているのは、ちんどん屋の音楽だというのである。それならそれでよい。私はちんどん屋の奏でる「天然の美」や「月の砂漠」が大好きである。周囲の風物とまったく合わない時代遅れの恰好で、今は流行らなくなった昔の唄を素っ頓狂に打ち鳴らし、チンチン・ドンドンと町を行く、あのちんどん屋こそ今の私ではないのか。

つつがなきや　2

おやっ
昔と同じような町中の裏道を
買い物帰りのウチの奥さんが歩いてる
足取りはしっかりしているが
白髪の皺が多くなった口許に
少しさびしそうな笑みを浮かべて
生け垣の花々を見てまわり
ノラ猫たちに声をかけている

ひとり暮らしにもなれたようだが
わたしがわかろうはずはない
高いところから失礼して
新年のあいさつを送ろう

つつがなきや

あれっ
いい年になった息子が彼女と一緒に
ベビーカーを押している
中に眠っているのは
わたしにそっくりの赤ん坊
ということはこの子は
わたしの生まれ代わり？
息子も父親になったせいか

顔つきもしっかりしてきたようだ
仕事はちゃんとやってるだろうか
気にはなるがとりあえず
彼ら家族にも新年のあいさつ

つつがなきや

ほうっ
娘は得意の料理を作って
相変わらず仕事で忙しい
彼の帰りを待っている
中年になって少し太って
明るくなったのは健康のしるし
子供の姿は見えないようだが
可愛らしい子猫がミルクをなめている

彼の書斎の本棚に飾ってあるのは
在りし日のわたしの写真？
それとも彼のご両親
ともあれこれがわたしからの
みんなへのたまのあいさつ

つつがなきや

那須への手紙

那須町立東陽中学校の皆さん　お元気ですか?
あの時一年二組にいた皆さんは（とっくに）
中学を卒業して高校生になっていて
（高校に進まなかったひとにはごめんなさい）
バスや電車で通学して（窓から見える）
ふるさとの山を眺めながら
男の子は男の子どうし
女の子は女の子でかたまって

きゃあきゃあいいながら
青春の楽しいひとときをすごしていることでしょう。

（もう遠い昔のような）一年生だった秋のある日
東京から〈詩人〉という変な人がきて
授業に名を借りたわけのわからない話をして
朗読までして帰っていった「先生」を
覚えているひとはいないでしょう。

あの日私がやったのは授業とはいえない一時間
テーマが「山」ということで
啄木の短歌を三つほど黒板に書くと
あとは何をいったやら（たちまち）
言葉につまって立ち往生（そんな私を）
見つめている皆さんの

キラキラする眼が愛しくて（質問すると）
モジモジする姿がいじらしくて（授業など放りだして）
皆さんひとりひとりを（席に行って）
抱きしめたくなったほどでした（だから）
一時間経って終業のベルが鳴った時
ホッとしたのは皆さんよりも私の方なのでした。

――もう一生詩の授業などすまい
帰りの電車の窓から東陽中学校の校舎を見て
私は皆さんに誓ってかたく決心し
そのことを書いて送ろう
（皆さんにおわびの手紙も書こう）
そう思って東京に帰ってきたのでした。
ところが私がその手紙を書くことすら
忘れかけていた頃（十二月も末になって）

（先生の手紙に添えられて）
感謝の手紙が届いたではありませんか。

二十三人の手紙を何度も何度も読みました。
皆さん全員が書いてくれました。
「いい詩の話をありがとう」と。
（そんな話もしなかったのに）
この手紙は私の一生の宝です。
心くじけそうになる時
（私だって泣きたくなる時があるのです）
机の下にとってある封筒の中の手紙の束をとりだし
その中に載っている励ましの言葉

――身体に気をつけて
　いい詩を書いてください

を何度も何度も読むのです。
（酒など呑まずにもう年だから）
（身体に気をつけて）そうです
いい詩人になりたいのです。
（皆さんに喜んでもらえる）
いい詩が書きたいのです。
心の底からそう思います。
皆さん　ありがとう

われわれはみなマイナー・ポエットである

講演などするなかれ
郊外の小綺麗な家に住んで
詩のわかる妻女と暮らすなかれ
大学で詩など教えるなかれ
わけてもテレビなどに出るなかれ
ホテルのパーティでスピーチするなかれ
なんとか大会に出るなかれ

片隅にひかえているのだ
誰からも相手されず
ひっそりとさびしく電車に乗り
木枯らしに巻かれて逃げるように
地下の酒場に下りていって
バーのカウンターに片肘ついて
小声でつぶやくのだ。

「われわれはみなマイナー・ポエットである」

渋民村

岩手県渋民村の
石川啄木記念館では
ロボットの啄木が待っていた。
私が並んで写真を撮ると
一五五㎝（昔でいえば五尺二寸）の私より
啄木のほうが少し背が高かった。
下駄を履かせてあるんだった。
啄木に負けて口惜しかった。

記念館のノートにはどこぞの中学生のガキが
「石川クンは俳句がウマイ」と書いていた。

中学中退の石川クンが
代用教員で教えていた
渋民村尋常小学校の教員室の
背の低い椅子に座ると
遠い向こうの生家のお寺の裏山から
啄木鳥《きつつき》の声が
聞こえてくる気がした。
そういえば彼が十代で出した
『あこがれ』は詩集だった。
ここでは短歌より新体詩のほうがよく似合う。

外に出て

やはらかに柳あをめる
北上の岸辺目に見ゆ
泣けとごとくに

啄木

の歌碑のある岡の上から
ふるさとの山を見る。
ふるさとの川を見る。
川辺に下りて吊り橋を渡れば
足元はぐらぐらしていたが
北上川はとうとうと流れていた。

八雲の耳

ラフカディオ・ハーン・小泉八雲は
少年時代に学校で友人と遊んでいる際に
怪我をして左眼が失明したということもあって
眼の悪いひとに対しては特に親切でした。
松江にいた時代に
出入りの職人の小さな娘が眼を悪くしているのに
親が医者にも見せない（お金がなくてでしょう）のを怒って
自費で医者に通わせて治した

という話が伝わっています。

その八雲は声に非常に敏感でした。そして
彼自身の声も優しく美しいものだったようです。
晩年の東京大学の英文学の講義を聴いた学生だった
内ヶ崎作三郎がそのことを語っています。
「先生の清く澄んだ歌うがごとき声が、かすかに微笑をたたえる
口許からもれるのを聞く時は、その事自身が一種の魔力であった」

そのハーンが松江中学に教師として来て一年半後
お手伝いに雇っていた女性小泉節子と結婚しました。
二人は新婚生活を昔の家老屋敷で営みましたが
そのある朝のこと
起きて和服に着替え
煙草を一服しているハーンの耳に

「あなた」

「あなたさま」

という声が聞こえてきました。

「いま、なんといいました」

とハーンが問いただすと
「あなた」とあなたさまをお呼びしたのです
と夫人はいいました。

「ノー、違います。今の声ではありません。

さっきの声は違うものでした。

もう一度いってみてください」

そこで夫人は再度
「あなた」

といったのですが
「もう聞こえなくなりました。あの声は」

とハーンは寂しそうに首を振ったそうです。

後に子供の将来を案じて
自らの国籍を捨て
日本に帰化し小泉八雲となったハーンの耳には
この時
新しく夫になったひとへの愛情と尊敬があふれた
夫人節子の初々しい呼びかけの声を
しっかりととらえていたのです。

母の眼鏡

母の眼鏡をかけていると
ますます母に似てくるのだ
手紙を書いたり本を読んだり
している姿を振り返って見ると
母そっくりになっているのに
われながら驚くのだ。

母はもともと眼はいいほうで

眼鏡を使うのは
繕いものをする時だけだった
暗い灯火のもとで額に皺をよせて
針に糸を通す眼鏡姿の母を
子供の私は覚えている
年をとって老人ホームにいた時は
ぬいぐるみの猫を膝において
娘に買ってもらった老眼鏡で
ベッドに座って本を読んでいた。

私ももともと眼はいいほうなので
ずっと老眼鏡には縁がなかった
それでも年には勝てず
ゆるい度数の眼鏡を求め
仕事の時だけかけていた

それがこの頃度が合わなくなり
思い出して形見にとってあった
母の眼鏡をかけてみたら
なんと
ぴったし合ったのであった。

しかしこの眼鏡はケースも含めて
女性の老人用なので
私としてはかっこう悪くて
ひとには見られたくない
そこで家の中だけで
死んだ母に内緒のつもりでかけて
本を読んだり
手紙を書くのに使っている。

手紙といえば
田舎にいた時も
老人ホームにいた時も
最後もきっと母は
この眼鏡で読んだに違いない
その母への手紙を私は
ろくすっぽ書かなかった
ことが悔やまれる
もっとマメに出せばよかったと
母の眼鏡をかけて遠くを見やると
これまたそっくり
母のかっこうになっている。

湯気を見ながら

台所でお湯を沸かそうと
ガスに火を点けて
薬缶の湯気を眺めていると
はるか昔に中原中也が書いた詩の一節
「みなさん今夜は静かです
　薬缶の音がしています」
という詩句が思い浮かんでくるのだ。

中也の場合はそういえば次の詩句は
「僕は女を想ってる
　僕には女がないのです」
だった。
女がないのですって、嘘ばっかり
泰子さんみたいな女がいたではないですか
といいたいところだがそれは
私の生まれる前の話
いまの私には関係なくて

そういえば辻征夫にも
湯気を見てる詩があったっけ
しかもあれはウチの奥さんへ宛てた詩で
本当は私としては一言あってしかるべき
しかしあの詩はステキな詩だった。

最後のところは
「薬缶の口から蒸気が盛んに噴き出しはじめ
　いまぼくの部屋では水が沸騰点に達している」
気をつけろよと注意したいところ
実際この詩を書いていた頃は
身体は相当辛そうで
電話の声もかすれがちだった。

と思い出している内に
こちらの薬缶からも盛んに湯気が噴き出した。
そこで私はガスを止め
薬缶のお湯をポットに移し
ポットは昔は魔《ま》法瓶《ほうびん》といったのだ
薬缶《やかん》だってその内死語だ
とつまらぬことを考えながら

「お湯が沸いたよ」と
ウチの奥さんに告げるのである。

「佐藤春夫」の服

私が
「佐藤春夫」の服を
着ているという と
たいていのひとは驚くのだ。

「珍しい背広ですね」というひと
中には「これがそうですか」と
わざわざ触りにくるひともいる。

いちばん多い質問は
「どこで手に入れられたんですか？」だが
それに対しては
「喋れば一時間くらいかかります」と
答えることにしている。

佐藤春夫家に遺されていた着物の反物が
洋服となって仕立てられ
はるばる私の手元に届くまでには
すぐる昔の佐藤春夫の死と
千代夫人の末妹の子供である
古木春哉《こきはるや》氏の波瀾の生涯と
それに対した私の友人たちの
献身的なもうひとつの物語があり
その到達点が私への授与だったのだ。

ともあれそうして
私がいただいた四着の洋服は
ツイードの冬服を除いては
いずれも絹地の立派なもので
ナイトガウン仕立てのパーティ用の背広と
ぴかぴか光る草木染めの合服
しっとりした草色の夏服であった。
今まで安物しか持っていなかった私は
これでにわかに着物長者になったのである。
これで死ぬまで服は買わなくて済む。

不思議なもので
「文豪」の服を着ていると
こわいものなしの気分になる。

街を歩いていても電車の中でも
周りに見せびらかしたい気分にかられる。
詩もなんだかうまくなったような気がする。
「秋刀魚の歌」の効果抜群である。
それどころか
散文でもなんでも書けそうな気になるのだ。

しかし歩いている中身は
変わっていない訳で
やっぱり私はわたし
文学アルバムを見てポーズを気取ってみても
似ても似つかないニセモノの私
年だけは七十近くなって
春夫逝去の七十二まであと四年
詩集七冊出したけど

「秋刀魚の歌」はまだ遠い。

それでも私を見かけたら
着ている服に目をとめて
「これが噂の佐藤春夫の服ですか」と
声をかけてください。
すると私はいうでしょう
「そうです、これが佐藤春夫の服です」
と。

あとがき

この詩集のタイトルとなった「平凡」は、もとより二葉亭四迷の「平凡」からとったものです。二葉亭にかぎらず今回は、林芙美子、尾崎翠に始まって、小泉八雲、石川啄木、生田春月、佐藤春夫と、とっくの昔に死んだ詩人のオンパレードです。意図した訳ではなく好きな詩人を追っかけているうちに、こういうことになりました。

しかし子供の頃から読んでいた啄木や八雲ばかりでなく、最近読んだといっていい林芙美子や尾崎翠も、いずれの人たちも、すべて私に、「文学とはなにか」、「人生いかに生きるか」を教えてくれた大恩人たちです。私はこれらの人たちから、生きるすべてを学んだといっていい。今回の詩集では、そのことに対する私からの感謝の気持ちを伝えたかったのです。

それと同時に、これら先人たちの書いたものに触れ、それへの一方的な会話（私の独り言）を書くことによって、私の中にあった、いろいろな「しがらみ」から解放されたことも事実です。しかも、これらの人たちが居るならば、私を愛してくれた（であろう）父母や、多くの友だちが居るならば、死ぬこともこわくない、ような気分になりました。またすぐ気が変わるにちがいありませんが――

ともあれ、平成の平和な東京で、平凡に楽しく生きていきましょう。

二〇一〇年四月　　東京にて

初出一覧

芙美子さん、翠さん、　書き下ろし
下馬物語　「抒情文芸」二〇〇七年・春号
バスに乗って　「読売新聞」二〇〇八年四月一日
村の製材所　「現代詩大会作品集二〇〇八」（愛媛詩話会）
朝寝坊　「現代詩手帖」二〇〇七年九月号
九官鳥のお経　「歴程」二〇〇八年八号
秋の寺　「文学の森　山本健吉文学賞号」二〇〇六年七月
語らい　「現代詩手帖」二〇〇八年一月号
雀の朝　「独合点」二〇〇六年七月号
八つ当たり　「詩人会議」二〇〇七年一月号

つつがなきや　「現代詩手帖」二〇〇七年一月号
ちんどん屋　「歴程」二〇〇七年一／二号
つつがなきや　2　「現代詩手帖」二〇〇九年一月号
那須への手紙　書き下ろし
われわれはみなマイナー・ポエットである　「詩人会議」二〇〇九年八月号
渋民村　「一握の砂刊行一〇〇年――啄木に献ずる詩歌」
（日本現代詩歌文学館）
八雲の耳　「詩学」二〇〇六年二／三月号
母の眼鏡　「現代詩手帖」二〇一〇年一月号
湯気を見ながら　「現代詩手帖」二〇一〇年一月号
「佐藤春夫」の服　「現代詩手帖」二〇一〇年一月号

井川博年（いかわ・ひろとし）一九四〇年福岡市生まれ。松江市で育つ。二十一歳で詩集『見捨てたもの』刊行。以後、七〇年『深夜放送』、七五年『花屋の花　鳥屋の鳥』、八〇年『胸の写真』、八九年『待ちましょう』、〇一年『そして、船は行く』（山本健吉文学賞）〇六年『幸福』（藤村記念歴程賞・丸山豊記念現代詩賞）。他に『井川博年詩集』（現代詩文庫170）がある。

平凡《へいぼん》

著者
井川博年《いかわひろとし》
発行者
小田久郎
発行所
株式会社 思潮社
〒一六二—〇八四二 東京都新宿区市谷砂土原町三—十五
電話〇三（三二六七）八一五三（営業）・八一四一（編集）
ＦＡＸ〇三（三二六七）八一四二
印刷所
三報社印刷株式会社
製本
誠製本株式会社
発行日
二〇一〇年七月二十五日